KB170730

피어나다

피어나다

초판 1쇄 인쇄일 2023년 01월 09일
초판 1쇄 발행일 2023년 01월 27일

지은이 양순진
펴낸이 양옥매
디자인 표지혜 박예은
교   정 조준경

펴낸곳 도서출판 책과나무
출판등록 제2012-000376
주소 서울특별시 마포구 방울내로 79 이노빌딩 302호
대표전화 02.372.1537   팩스 02.372.1538
이메일 booknamu2007@naver.com
홈페이지 www.booknamu.com
ISBN 979-11-6752-265-8 (03810)

이 도서의 국립중앙도서관 출판예정도서목록(CIP)은 서지정보유통지원
시스템 홈페이지(http://seoji.nl.go.kr)와 국가자료종합목록시스템
(http://www.nl.go.kr/kolisnet)에서 이용하실 수 있습니다.
(CIP제어번호 : CIP2020054824)

피어나다

양순진 디카 시집

책과나무

제주라는 섬에서
우주를 본다.

자연과
어린이들과
고양이와
어우러지며

다시 못 올 이 생에게
큐, 큐, 큐!
컷, 컷, 컷!
수천 번 외친다.

디카시는

바로 나의 삶

극적이고 생생한

현장 스케치

평범함을

특별하게 변신하는

빛나는 자서전이다.

2022년 겨울에

양순진

섬광처럼 빛나는 감각적 직관으로

최금진(시인)

"미디어가 메시지다."라고 말한 마샬 맥루한과 "팸플릿, 포스터 같은 순간 포착 능력을 보여 주는 글쓰기"가 발생할 것임을 암시한 발터 벤야민의 언급을 시에 적용하면 그것은 '디카시'가 된다.

양순진 시인의 디카시에는 논리와 설명을 넘어서는 감각적 직관이 섬광처럼 빛나고 있다. 우리는 그 빛의 아름다움에 홀린 반딧불이처럼 춤추며 시를 향해 온몸으로 날아간다.

그녀의 시는 더는 이해의 방식으로 존재하지 않으며, 오직 세포의 전율을 통해 느끼는 감각의 방식으로 존재하게 되는데, 이 지점이 오늘날 디카시의 존재 양식이자 양순진 시인의 시가 위치하는 지점이다.

따뜻한 정이 넘치는 동행길에 오르며

이시향(시인)

혼자 가는 길보다 함께 가는 길이 아름답다는 걸 아는 양순진 시인의 디카詩에는 두근거리는 마음이 있고, 불 꺼진 창 안을 들여다볼 줄 아는 따뜻한 정이 넘칩니다.

詩가 문학이라는 길을 홀로 가는 것이 아니라 디지털 이미지를 만나 시너지를 효과를 내며 새로운 길을 걸어가는 디카詩는 동행입니다.

그 길에 디딤돌이 되는 좋은 디카 시집『피어나다』출간을 함께 기뻐합니다.

차례

시인의 말 • 4

추천사 • 6

1부

패러
글라이딩

패러글라이딩 • 18 / 물 위에 쓰는 자서전 • 20

기다림의 미학 • 21 / 수리해 주세요 • 22

바다의 감정 • 23 / 기분 전환 • 24

유효기간 • 26 / 꽃 중의 꽃 • 27

타임머신 • 28 / 찾아가세요 • 29

지구의 고민 때문에 • 30 / 겨울잠 • 31

분홍의 교란 • 32 / 부부 1 • 33

달 따러 갑시다 • 34 / 금메달 • 36

쌍금메달 • 37

2부

곶자왈은
아직 백악기

어머니의 목화밭 • 40 / 돌의 말 • 41

빅토리 • 42 / 그리운 티라노사우루스 • 44

헛짓 • 45 / 제주의 꽃 • 46

새의 이념 • 48 / 아버지의 물집 • 49

이석증 • 50 / 사랑의 전령사 • 51

수장水葬 • 52 / 탐라의 노을 • 53

나도딱총나무 • 54 / 가을의 잠언 • 55

너에게 1 • 56 / 사회적 거리 • 58

밀담 • 59

3부

시인과
고양이

터닝 포인트 1 • 62 / 터닝 포인트 2 • 63

호접지몽 • 64 / 해피 데이 • 66

수화 • 67 / 고양이 포옹 • 68

햇살 반 그늘 반 • 69 / 나르시시스트 • 70

경계 • 71 / 감성주의자 • 72

전전긍긍 • 73 / 가을 탄다 • 74

시간을 잊은 그대에게 • 75

고양이를 찾습니다 1 • 76

고양이를 찾습니다 2 • 77

고양이를 찾습니다 3 • 78 / 나는 시인 • 80

4부

더러는 피고
더러는 지고

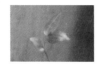

그대에게 • 82 / 쏠리다 • 84

지음知音 • 85 / 어머니의 마음 • 86

취소합니다 • 87 / 드림 시티 • 88

바람개비 인생 • 89 / 카멜레온 • 90

피어나다 • 91

감옥으로부터의 사색 • 92 / 부부 2 • 93

아르테미스의 반란 • 94 / 주문하다 • 95

사랑의 맹세 • 96 / 바람난 여자 • 97

부고 • 98 / 거울 • 100

5부

소리쟁이는
소리가 없다

지구온난화 1 • 102 / 지구온난화 2 • 103

탈출의 미학 • 104 / 돌의 꿈 • 106

서정의 힘 • 107 / 가을 새 • 108

올레길 등불 • 109 / 너에게 2 • 110

푸른 달개비 • 111 / 오케이 • 112

오래된 족보 • 113 / 나뭇잎 허공 비문 • 114

아버지의 집 • 115 / 익음의 미학 • 116

후편 • 117 / 좋겠다 • 118

그리움의 간격 • 119 / 삶의 단편 • 120

소리쟁이는 소리가 없다 1 • 121

이심전심 • 122

소리쟁이는 소리가 없다 2 • 124

상처는 꽃 • 125 / 나침반 • 126

6부

무지개
품은 학교

오늘은 맑음 • 128 / 따뜻한 선물 • 129

무지개 품은 학교 • 130 / 오아시스 • 131

마지막 수업 • 132 / 헬로 할로윈 • 133

거미의 행운 • 134 / 하필이면 • 135

고교 시절 • 136 / 프러포즈 • 137

신전에서의 맹세 • 138 / 응원합니다 • 139

아빠의 선물 • 140 / 특별한 이벤트 • 141

별이 내리는 숲 • 142

7부

복福
드립니다

천제연 돌하르방 날개옷 • 144

해탈의 문 • 145

안덕계곡 바위그늘 집터 • 146

물봉선 폭포 • 148 / 안덕계곡 돌하르방 • 149

제주의 유산 • 150 / 가장 뜨거운 순간 • 151

우주의 귤 • 152 / 제주 라이프 • 153

제주의 귤 신화 • 154 / 노아시老鴉柿 • 155

부모의 마음 • 156 / 복福 드립니다 • 157

비장한 각오 • 158 / 날갯짓 • 159

개화開花 • 160 / 모슬포에서 • 161

동짓날 • 162 / 형제의 철학 • 164

1부

패러글라이딩

패러글라이딩

거리는 중요하지 않아

무한한 시간을 날아서

너라는 공간에 닿아

운명과 영원의

긴 입맞춤

물 위에 쓰는 자서전

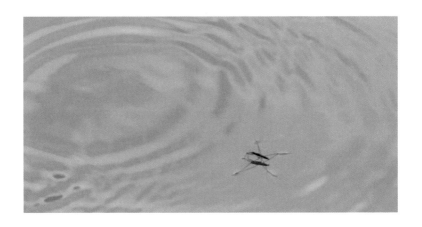

얼마나 오랜 시간

제 안 비웠길래

숨죽였던 반평생

물결무늬로 기록하나

기다림의 미학

언제쯤 올까

후딱 분가해 버린 아들네

바쁘다는 핑계로 한 해 두 해

코로나 때문에 또 한 해 두 해

돌담과 담쟁이만 더불어 안기네

수리해 주세요

철조망에 낀 난민 구출해 내고
겨우 집 한 칸 마련해 주었는데
밤사이 누가
푸른 등 하나 깨고 갔네요
수리 가능할까요?

바다의 감정

누군가

내 마음 중앙에 드리운

물꼬

기분 전환

비 오는 날

괜스레 접혀지는 마음에

링 귀걸이 달아 봐

지나가는 우산들이

꽃처럼 보인다니까

유효기간

길고양이보다 더 애처로운

눈빛으로 떨고 있구나

멀쩡한 너를 유기해 놓고

차마 돌아서지 못하는

폐업의 겨울

꽃 중의 꽃

오랜 적금 깨고 피웠다

메마른 나를 일구어 낸

아버지의 소보다

그 어느 정원의 꽃보다

커다란 붉은 희망

타임머신

느리게 살기

빠른 템포로 살기

그것도 지친다 생각 들 때

제 등에 타세요

가고 싶은 곳으로 건너뛰기

찾아가세요

여기 묶어 둔

내 마음

그대로

지구의 고민 때문에

얼마나 답답했으면

두 개의 태양 떠올랐을까

혼자서는 이 지구

밝힐 수 없다고

겨울잠

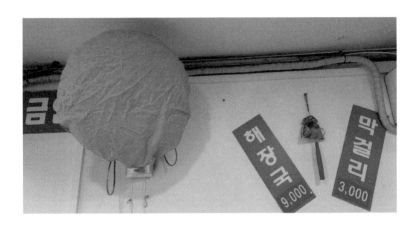

수고했어요

한 해 또 한 해

긍정과 희망 외쳐도

걸러 내지 못한 화병

여름 내내 날려 버리느라

분홍의 고란

난 부들인 줄 알았어

옥수수인 줄 알았어

핫도그인 줄 알았어

누군가의 알인 걸 알았을 때

연못 속에 숨고 싶었어

부부 1

서로 다른 가지에서 살다가

많고 많은 사람 중에 맺은 인연

한 방향으로 걸어온 길

오롯이 둘만 남아 마주 보니

모양새도 속빛도 닮아 가네

달 따러 갑시다

코로나 처들어온 지 꼬박 2년

쪼그라드는 심장 펴내며 키워 낸

주유소 주인네 저 달꽃 무더기

금메달

애썼다, 청춘 다 바쳐

하늘까지 오르려던 패기

어떤 이는 꽃에서 소멸하고

어떤 이는 초록으로 스러졌어도

홀로 끝까지 투쟁하는 너

쌍금메달

하나는 여자로 태어난 것

또 하나는 여자라는 이름으로

거듭 꽃피운 것

어머니

2부

곳자왈은
아직 백악기

어머니의 목화밭

밭담 안 익어 가던

달무리 진 목화 열매 송이

어느새 깃털구름으로 융화되고

그 자리엔 둥글넓적한

어머니의 기억뿐

돌의 말

제주에 살다 보면 알게 되지

태평양도 아프리카도 한갓

손바닥 안인 것을

바닷길도 비단길도 항로도

돌담 안인 것을

빅토리

혼자여도 괜찮아

사방이 벽이어도 괜찮아

스스로 외치는 응원가

그리운 티라노사우루스

아직 곶자왈은 백악기

붉은 눈을 한 공룡 툭 튀어나와

코로나 바이러스 흡입하고

다시 절멸의 백악기로

헛짓

기워도 기워도 기웠던 부분에서

꼭 터진다

메워도 메워도 메웠던 구멍에서

꼭 바람 든다

산다는 것은

제주의 꽃

딸아, 잊지 마

탐라는 뿌리
제주는 줄기
너는 꽃

새의 이념

새들이 저희들끼리 토로하다

대나무가 내어 준

확 트인 가을 하늘로 날아갔다

새 떠난 자리 돌똥으로 새겨진 비飛

그들의 푸른 사상

아버지의 물집

어릴 때 사다 준 크레파스로

당신의 손바닥 그렸습니다

찍히고 긁히고 갈라진 가뭄 밭

오름처럼 볼록이는 물집까지

지금쯤 터지고 납작해져

이석증

숨긴다고 허물 가려지나
덧댄다고 흠집 숨겨지나
바람이 흔들리며 가듯
구름이 묵묵부답 떠가듯
하늘과 땅 지표로 버티면 되지

사랑의 전령사

빼어난 자태 뜨거운 마음

잊을 수 없어

가을바람 편에 사뿐

당신을 사모합니다

수장水葬

너도 한때는 물 바람 돌 틈에서

청춘 있었고 주인공이었겠지

지금은 특보랄 수도 없는 주검

물양귀비만이 조문객이구나

탐라의 노을

아직 꺼지지 않은

삼별초의 눈빛 이글거린다

넘어지며 고꾸라지며 넘던 저 능선,

오늘은 탐라의 후예가

숯불 당긴다

나도딱총나무

바람 쐬러 나가려 해도 걷기 힘들고

마음껏 하늘 한번 보자 해도

등 굽어 펴기 어려워

볕 안 드는 방구석 지키는 할머니

제가 지팡이 되어 드릴게요

가을의 잠언

툭, 튀어나온 귀인

그렇다고 덥석 손잡지 마라

저 단단한 투구 안에

시퍼런 비수 겨냥할 테니

그저 은은한 향에 스미라

너에게 1

지상에서 천상으로

가는 비밀은

너와 나의 거리 같아

백팔 계단 건너면

열리겠지, 너의 마음

사회적 거리

사람은 물론

돌과 나무의 쉼표

심지어 담쟁이까지

띄어쓰기

밀담

왕은 없고 검은 제복 입은 신하들만

대낮에 꼿꼿이 서서

한량처럼 거들먹거리고 있다

탐라의 하늘과 바람은 억새 필체로

그들의 엇나간 행적 낱낱이 기록 중이다

3부

시인과 고양이

터닝 포인트 1

네가

나에게 왔을 때

무릎 위에서 잠들 때

품에 안길 때

야옹야옹거릴 때

터닝 포인트 2

내가

너의 이름 불렀을 때

너로 인해 웃을 때

너를 생각하며 일어설 때

너로 하여 빛날 때

호접지몽

내가 나비인지

나비가 나인지

잡으려면 도망가고

그리우면 아무도 없고

세상은 호락호락하지 않아

해피 데이

난 부족함이 없어

쥐 세 마리와 스크래처

이것만 있으면

희로애락의 반은 오케이

나머지 반은 저기, 집사의 몫

수화

운전할 때

벙어리와 대화할 때만

필요한 게 아냐

고양이와 가까워지는

따뜻한 소통이거든

고양이 포옹

고양이들도 저렇게

따뜻한 포옹으로

붉은 섬 메우는데

우리는 왜 고독을

자처하는가

햇살 반 그늘 반

너는 나의

햇살이 되어 줘

나는 너의

그늘이 되어 줄게

나르시시스트

사람들이 날 좋아하는 이유를 알겠어

독서를 좋아하는 지성과

이 완벽한 외모

누가 감히 따라갈까

경계

저 벽만 넘으면

신세계인데

엄마, 우리

넘을까 말까

감성주의자

왜 생선만 좋아하는지 모르겠어

밀 귀리 달개비 라벤더 여우구슬

얼마나 고급스런 취향이니

너도 한번 바꿔 봐, 식물성으로

전전긍긍

얼른 일어나서

밥벌이 나가야 하는데

잔바람 일으켜

꿀잠 깨울까 봐

이러지도 저러지도

가을 탄다

정이 그리워 잠시 나왔는데

여전히

바람의 목탁 소리뿐이네

시간을 잊은 그대에게

억겁의 세월 등에 지고

풍류를 낚는 저 詩人

영원의 메신저

고양이를 찾습니다 1

우리 빌라 텃밭 해피네 가족

내 마음속 고양이별 심어 놓고

도란도란 살다가 하나하나

떠난 지 5년

아직도 눈에 선합니다

고양이를 찾습니다 2

학교 연못 안

빈카 덩굴 속에서

엄마를 잃어버린 아기 고양이

구출하려고 교문으로 들어가는 사이

행방불명

고양이를 찾습니다 3

내게 온 첫, 고양이

눈으로 마음으로 수화로

가장 잘 통하던 친구

간다는 말도 없이

떠나 버린 그리운 첫,

나는 시인

아침은 식물성

마타리 비비추 꽃쾡이밥

저녁은 동물성, 고양이 햄스터

밤에는 달무리무당벌레

달무늬들명나방

4부

더는 더러
러는 피
는 고
지
고

그대에게

내 안에 있는

사랑의 씨앗 퍼뜨릴

그대가 필요해요

쏠리다

마음은 마음을 알아보지
그 방향으로 기울어지게 돼
대낮에도 한밤에도
꺼지지 않는 빛

지음知音

그대를 위하여 달여 낸

태양 한 잔 받게나

찬란과 몰락을 함께한

유일한 친구여

어머니의 마음

망울진 새하얀 기억도

새까만 별로 오르기 전

붉은 피 토한다

어머니는 그렇게

나를 물들이셨다

취소합니다

거절합니다

변질된 당신의 마음

드림 시티

도시에 나타난 거대한 괴물

매일 눈먼 사람들을 삼킨다

빈 공원 새 떼만 우짖는 게

우리가 꿈꾸던 세상인가

바람개비 인생

중심을 떠돌아야

주인공은 아니지

가장자리에서

욕심 널어 말리며

만선을 기다린다

카멜레온

너를 처음 본 순간

마음에서 번져

등줄기로 흐르는

사랑의 전류

피어나다

커튼 내리면 모든 게 끝인 줄 알았던

혼돈과 반란들이

틀어막았던 숨구멍 사이로

오묘하게 꽃의 형체로 피어난다

끝과 시작은 한 끗 생각의 차이일 뿐

감옥으로부터의 사색

일생 갇혀 있어도

내 마음은

늘 타오른답니다

부부 2

한쪽은 뇌경색
한쪽은 심장병
아프고 나서야
비로소 마주 앉은
뒤늦은 사랑

아르테미스의 반란

천사의 나팔 소리에 이끌려

지상으로 이탈한 달의 여신

오늘 밤은 온통 달빛

주문하다

결정했어요

이 카펫 문양으로

봄여름 쉬지 않고

수직手織한

장인의 대작

사랑의 맹세

얼마나 확실했으면

하트 안 사랑의 열쇠

두 이름 새겼을까

이 가을, 변함없지?

바람난 여자

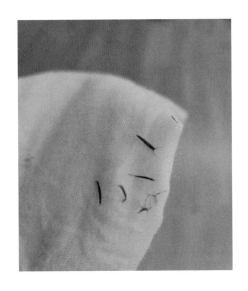

숲에 든 게 분명하다

어느 놈과 바람난 게 분명하다

이별 선포 후에도

떨어지지 않으려는

저 지독한 스토커

부고

돌발적인 급정거에

의자 위

두툼한 책에 깔려 죽은

소국의 질식사

부음 전합니다

거울

내 안의

詩

피어나다

5부

소리쟁이는
소리가 없다

지구온난화 1

어쩌나

가을이 봄인 줄 알고

둥지 튼

저 까치

지구온난화 2

봄은 멀었는데

전시회 보려고 일찍 왔나

제주문예회관 홀로 찾은

가을 문학소녀

탈출의 미학

단단한 돌로 막은들

끓는 피 제어할 수 있나

트멍*으로 담장 너머로

툭툭 튀어나오는

저 매혹의 청춘

* 트멍: '틈'을 뜻하는 제주도 말.

돌의 꿈

선을 넘기 전에는 모르지

선 너머의 역사를

섬을 떠나기 전에는 몰랐지

섬 너머의 이념을

서정의 힘

선으로 긋고
돌담으로 메운들
이길 수 있나
저 메밀밭의 낭만을

가을 새

단풍만이 가을의 정령

그러나 어머니는 말했지

가을이 되면

살아가는 모든 것이

핏발 선 홍조가 된다고

올레길 등불

떠나 보고야 알았지

돌고 돌아도 원점

나의 자리는 여기라는 걸

올레길 옛집 어머니의 꽃

환하게 켜져 있네

너에게 2

동쪽으로 가는 길

굳이 내비게이션 없어도

푸른 해안선 따라 핀

수국의 마음이면 닿게 되지

너라는 심해

푸른 달개비

창과 창 사이
빛과 어둠 사이
꿈틀대던 애벌레
바로 너였구나!

오케이

자꾸자꾸 초록 뱀이 따라온다

대낮에도 한밤에도

우주의 프러포즈에 대한

내 대답이야

오래된 족보

낡아 가고 있다

뼈대가 아닌 형체가

올곧은 올레길과

단단한 돌담에게

한 수 배워라

나뭇잎 허공 비문

호랑이는 가죽 남기고
사람은 이름 남긴다지
우리는 구멍을 남긴다

아버지의 집

한차례 검은 바람 훑고 가면 정적

썩어 가는 지붕을 감싸 안는 가족

오늘은 너로 하여 따뜻하다고

익음의 미학

초록이던 감정 갈색으로 퇴색될 때

모든 열망 사라졌다 절망하지 말 것

그 문 열면 훈장 같은 하얀 희망

수천수만 생애 틔울 테니

후편

내 인생의 후편은 분홍이면 좋겠어

소나기와 천둥과 블랙홀이던

전편의 파장적 광채와 맞닿아

멋지게 스러지기를

좋겠다

너는 좋겠다

나보다 작아도

울타리 안에서 대접받고

나는 화려하게 꾸며도

늘 울타리 밖이잖아

그리움의 간격

모과 한 알은 끝까지 버텨

낮달이 되고 싶고

낮달은 얼른 둥글어져

나무에 닿고 싶고

삶의 단편

나는 쓴다

어떤 이는 유람선에서 여생 보내고

어떤 이는 오징어 배에서 밤을 태우고

어떤 이는 여객터미널에서 오열하고

어떤 이는 그들의 등대가 되고

소리쟁이는 소리가 없다 1

조금만 손해 봐도

아우성치는 세상

정작 온몸 남김없이

보시하고도 소리쟁이는

소. 리. 가. 없. 다

이심전심

이 세상에 아무도 없다

차 안에서 통곡할 때

서향은 비를 피하지 않고

온몸으로 받아들이고 있었다

그때 알았다, 비를 피하지 말 것

소리쟁이는 소리가 없다 2

저마다 정상 오르다

경계 넘지 못하면

이름 없이 지고 말아

그러나 나는 바닥에서도

과녁 향하여 불 당긴다

상처는 꽃

엄살떨지 마

제 안은 다 썩어

텅텅 비우면서도

오천 년 넘게 살아가는

므드셀라도 있는데

나침반

어디로 갈거니?

빨리 꿈 찾은 친구도 많지만

내가 뿌리내릴 곳

곰곰 생각 중이야

조금 늦는다고 낙오자는 아니니까

6부

무지개 품은 학교

오늘은 맑음

무지개가 하늘에 있다고 믿었던

유년의 운동장엔 아직도

가는 허리에 돌리다 만

훌라후프가 무지개로 떠 있다

따뜻한 선물

천 개의 헛된 꿈보다

마음속에 태양 한 개 심으면

올겨울 참 따뜻할 거야

받으렴, 너에게 줄게

무지개 품은 학교

뭐 하니?

방금 동시가 떠올랐어요

얼른 노트에 쓰려고요

그래

넌 무지개 꿈 낚는 중이구나

오아시스

사막은 우물을 숨기고 있어서

아름답다지만

학교는 무지개를 품고 있어

아름답지요

마지막 수업

선생님, 감사해요

동시를 알게 해 줘서

우유처럼 생생하고

초코처럼 달달한

꿈나라

헬로 할로윈

세계사 공부하니?

아직 한 살인데

글로벌 악마들이

너를 유혹할 때

엄마는 외출 중

거미의 행운

벌레나 유인해서 살아가는

거미의 질긴 인생

운명이려니

섯, 오늘은 그물에 걸린

저 황금 세 덩이!

하필이면

자신이 연꽃인 줄 착각했나

뿌리내린 곳이 하필

스티로폼 연못

그 더러운 흙탕물에서

이루어 놓은 까마중 대풍년

고교 시절

수목한계선

과열과 냉담 사이

고독한계선

우주와 벼랑 사이

지나고 나면, 별

프러포즈

어른의 꿈은 어린이

한라산에서 공을 뻥 차면

바다에 골인한다는 말은 옛말

추상적 고래보다

운동장에서 해를 잡고 싶지

신전에서의 맹세

맹맹하게 오해하지 않기

포크로 콕콕 말다툼하지 않기

맵게 싸워도 맵게 화해하기

치즈처럼 끈적끈적한 우정

김말이처럼 돌돌 말며 살아가기

응원합니다

마음의 문 연 날보다

닫은 날 많던 한 해였지요

놓고 가요 여기

동행이라는 열쇠

아빠의 선물

아가야, 보렴

네가 누릴

우

주

다

특별한 이벤트

첫날은 환희

100일은 놀람

200일은 벅참

365일은 은혜

매일이 기적

별이 내리는 숲

가자

별

숲

으

로

7부

복福 드립니다

천제연 돌하르방 날개옷

하늘에서 내려온 선녀들

달빛 젖은 옥색 연못

급하게 황천하느라

돌하르방에게 선물하고 간

저 눈부신 날개옷

해탈의 문

저 문만 지나면

극락이 있을 것 같다

어제도 오늘도

삼백육십 계단 밟는

이 중생의 염불

안덕계곡 바위그늘 집터

선사시대 원시인 되어

오늘 밤 머물러도 되나요

공이돌에 곡물 빻고

적갈색 토기에 밥 퍼먹는

탐라의 후예처럼

물봉선 폭포

천제연 제3폭포 가기 위해선

가파르고 미끄럽고 험난한 길

지나야 하는 건 당연지사

연분홍 물살에 마음 빼앗겨

온 생애 잠기지 마시길

안덕계곡 돌하르방

창고천 생태공원 입구

시를 읊는 저 시인

열두 자 병풍 같은 기암절벽

평평한 암반 바다 맑은 물

원앙의 사랑 깊어 가

제주의 유산

이 세상 주인공 되라고
팔 남매에게 남긴 둥근 사랑
제주 돌담 안에 여물어
방방곡곡 퍼지는
어머니의 귤 향

가장 뜨거운 순간

한 사람의 애피타이저보다

두 사람의 메인보다

네 사람의 디저트가

멘토의 결정체

우주의 귤

제주가 쏘아 올린

노란 로켓

세계로

우주로

모든 이의 심해로!

제주 라이프

제주는 귤빛

귤빛은 제주

너와 내가 빚은

사랑의 빛

온누리 밝히네

제주의 귤 신화

몰래몰래 앓던 바다

몰래몰래 앓던 오름

몰래몰래 앓던 숲

몰래몰래 앓던 섬

황금 알 낳았네

노아시 老鴉柿

하늘 향해 뻗은 가지 끝

알알이 맺힌 고봉밥

늙은 갈까마귀 먹으라고

집주인은 손도 대지 않는

큰 밥솥

부모의 마음

빗나갈까

덜 클까

포기해 버릴까

두 눈 밝힌 채

노심초사

복福 드립니다

코로나로 좌절한 사람

누군가와 이별 후 통곡하는 사람

인생 시험 낙방 후 억울한 사람

엄동설한 고민하는 무주택자

잠시 앉아 주문 외워 보세요

비장한 각오

임인년엔 허세보다

올곧이 내실에 올인하기

삼진 아웃이면

펜 꺾는다!

날갯짓

한라산과 산방산 정기 받아

제주인은 발돋움하지

일출과 일몰 사이

저 험난한 통로 뚫고

개화開花

얼마나

간절

했

으

면

모슬포에서

나를 만든 건 바람

뛰어오르게 하는 건

어머니의 향기

끝끝내 내가 선택한

유토피아

동짓날

시간의 수레바퀴에 끼어

펑크 난 딸 마음 알았는지

백조 날아간 시간에 맞춰

새알 띄운 팥죽 한 그릇

놓고 가셨다, 어머니

형제의 철학

태양은 떠오르기 전

가부좌로 명상한다

바다도 포효하기 전

숨소리 최대한 낮추고

때를 기다린다